SMILES POR VIDA

AMBER LOVATOS & MAXINE CORDOVA

Latina Dental Hygienists

Smiles Por Vida by Amber Lovatos and Maxine Cordova

For permission contact:
Amber Lovatos
latinrdh@gmail.com
281-253-0966

Cover by Drew Do

ISBN: 978-1-7377847-0-8)

Printed in USA

First Printing, 2021

Published by Latin RDH
16411 Southampton Dr.
Spring, TX 77379

latinrdh.com

This libro is dedicated to Amber's a'ma y Maxine's a'pa†. Sus sacrificios y apoyo son la razón por la cual lo hemos logrado.

–Amber y Maxine

The profits from this book will be used to provide dental care to the Latin and Hispanic community.

¡Abuelita, I went to el dentista today!

(¡Abuelita, hoy fui al dentista!)

How great! ¿Cómo te fue, Mateo?

(¡Qué bien! ¿Cómo te fue, Mateo?)

First, la señorita took pictures of all mis dientes.

(Primero, la señorita tomó fotografías de todos mis dientes.)

ABCDEFGHIJKLMNOPQRSTUVWXYZ
DENTAL
SCREENING
TODAY
SMILE!

We counted mis dientes, uno al veinte and checked if I had gusanos de azúcar.

(Contamos mis dientes, del uno al veinte y después revisó si tenía gusanos de azúcar.)

¡Los gusanos de azúcar son causados por eating sticky and sugary foods y son malos porque causan caries!

(¡Los gusanos de azúcar son causados por comer alimentos pegajosos y azucarados y son malos porque causan caries!)

Me cepillaron mis teeth con un spinning toothbrush.

(Me cepillaron los dientes con un cepillo de dientes que gira.)

BZZZ BZZZ

¡La señorita also placed vitaminas on mis dientes para que sean fuertes!

(¡La señorita también colocó vitaminas en mis dientes para que sean fuertes!)

I learned que nos cepillamos los dientes round and round, arriba y abajo for two minutes... y la lengua también.

(Aprendí que los dientes se cepillan con movimientos circulares, hacia arriba y abajo por dos minutos...y la lengua también.)

¡Y al final usamos floss para los gusanos de azucar that hide!

(¡Y al final usamos hilo dental para los gusanos de azúcar que se esconden!)

¡Abuelita, I did great y me dieron un prize! ¡La próxima vez you can come too!

(¡Abuelita, lo hice genial y me dieron un premio! ¡La próxima vez tú también puedes venir!)

CALENDARIO
TOYS

FIN.

Made in United States
Orlando, FL
25 April 2022